# Dikkedunne Merle

# Dikkedunne Merle

Christel van Bourgondië
Met tekeningen van Alice Hoogstad

# LEES N!VEAU

| | ME | ME | ME | ME | ME | | |
|---|---|---|---|---|---|---|---|
| AVI | S | 3 | 4 | 5 | 6 | 7 | P |
| CLIB | S | 3 | 4 | 5 | 6 | 7 | 8 | P |

eten; humor

Toegekend door Cito i.s.m. KPC Groep

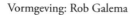

1e druk 2009
ISBN 978.90.487.0316.6
NUR 283

Vormgeving: Rob Galema

© 2009 Tekst: Christel van Bourgondië
© 2009 Illustraties: Alice Hoogstad
Uitgeverij Zwijsen B.V. Tilburg

Voor België:
Uitgeverij Zwijsen.be, Antwerpen
D/2009/1919/200

# Inhoud

# Waar is Merle?

Sanne, Roeland ... Merle gaat alle kinderen uit haar klas af. Ze kan zichzelf nergens vinden. Ze herinnert zich nog goed dat deze klassenfoto werd gemaakt. Ze stond helemaal achteraan, tussen Roeland en Hannelotte. Maar daar staat nu ... Nee, dat is onmogelijk.

'Hoe komt dat nijlpaard in onze klas?' vraagt ze aan Hannelotte.

'Domkopje, dat ben je zelf,' antwoordt Hannelotte verbaasd.

'Echt wel,' zegt Roeland die erbij komt staan. Een vette grijns op zijn gezicht. 'Merle is een nijlpaard,' zegt hij hardop.

Opeens begint een kind te lachen. Voor je het weet lacht iedereen. 'Merle is een nijlpaard,' gniffelen ze allemaal.

Merle loopt het klaslokaal uit. Zo snel mogelijk. En dat is tergend langzaam, want Merle loopt op krukken. Zonder krukken kan ze niet staan. Ze is zo ongelooflijk dik, dat ze dan beslist door haar knieën zou zakken.

Merle gaat naar de wc. Ze bekijkt zichzelf in de spiegel. Van schrik stapt ze achteruit. Dat is toch niet waar? Haar haren hangen als slappe slierten spaghetti langs haar hoofd. Beide oren steken eronderuit, als sleuteldrop. Haar wangen zijn rond als tennisballen. Ze heeft niet één, maar wel drie onderkinnen.

'Ongelooflijk,' fluistert ze verschrikt. 'Daar staat een nijlpaard. Ben ik dat écht? Nee, uitgesloten. Dat nijlpaard lijkt in de verste verte niet op mij.'

Arme Merle. Ze is helemaal in de war. In de spiegel ziet ze een nijlpaard, maar ze voelt zich gewoon Merle. Het vrolijke meisje van elf jaar. Ze begrijpt er helemaal niets van: waar is dat meisje gebleven? Misschien zit ik wel verstopt in dat grijze gruwelbeest? Het heeft me vast opgegeten toen ik het niet doorhad. Terwijl ik slaap misschien?

Het valt niet te ontkennen. Merle is megadik. Als je haar op haar zij legt, kun je haar voortrollen als een tonnetje. Nu word je meestal niet zomaar zo zwaar en rond. Of je hebt een ernstige ziekte, óf je snoept onophoudelijk.

Bij Merle begon het met een ziekte. Als klein kind was er altijd wat met haar. Toen ze nog een baby was, is ze van de zoldertrap gerold. Haar twee mollige babybeentjes moesten in het gipsverband. Als peuter kreeg ze allemaal vuurrode vlekken. Als kleuter moest ze naar het ziekenhuis omdat er een doperwtje in haar neusgat was blijven steken. Een andere keer struikelde ze over een plastic waterflesje en kon ze maanden niet lopen. Ze kreeg de Spaanse koorts of ernstige krampen in haar kuiten. Enzovoort. Er was altijd wel wat met Merle.

Haar moeder vond het zo vreselijk zielig voor haar

kleine meisje. Ze troostte Merle waar mogelijk. Ze gaf haar zakken vol knalroze spekjes, vruchtenzuurtjes, roomboterstroopwafels en Engelse drop. En 's avonds kreeg Merle pannenkoeken of patat met mayonaise en knakworstjes. Tot Merle echt niets anders meer lustte. Geen wonder dat Merle op een nijlpaard begon te lijken. Alleen dat zag haar moeder niet. Zo zijn moeders. Daar kunnen ze niets aan doen.

En nu is Merle zo rond dat ze echt niet veel meer kan. Behalve eten, dat kan ze als de beste. Maar lopen is lastig. Haar bovenbenen schuren telkens tegen elkaar en dat doet zeer. Fietsen is ook niet prettig. Want om de haverklap heeft ze een klapband. Haar moeder brengt en haalt haar van school. Speciaal voor Merle heeft ze een bestelwagen gekocht, zodat ze voldoende ruimte heeft om te zitten. Domme moeder, zo krijgt Merle helemaal geen beweging.

Haar moeder vertroetelt haar als een knuffelbeer. Merle is ook een verrukkelijk kind. Ze heeft een klaterlach en is altijd vriendelijk. Ze vindt alles goed, zolang ze maar te eten krijgt. Ze heeft geen reden om niet aardig te zijn; iedereen doet altijd precies wat zij vraagt. En als het Merle te lang duurt, zet ze een mierzoet stemmetje op. Daarmee krijgt ze alles van iedereen gedaan. Ook van haar klasgenootjes. Die vinden Merle namelijk best zielig.

Maar ... een echte hartsvriendin heeft Merle niet. Buitenspelen kan ze niet. Ze hangt altijd voor de televisie of speelt computerspelletjes. Tijdens de gymles wordt Merle nooit uitgekozen. Wie wil er nu een meisje in de groep dat niet kan rennen? Met Merle erbij win je werkelijk nooit. Maar dat kan Merle niets schelen. Van lopen word je namelijk moe. En van hardlopen gruwelt Merle al helemaal.

Slim is Merle wel. Daarom krijgt ze van meester Harrold de allerleukste klussen. Ze mag voor de planten zorgen. En ze mag de kinderen helpen die niet zo goed kunnen rekenen. Klassendienst heeft ze nooit. Bezemen is bijvoorbeeld heel lastig als je zo dik bent. Je kunt niet eens over je buik heenkijken. Dus weet je nooit waar de rommel op de grond ligt. Als er een klasgenoot jarig is, heeft Merle pech. Ze krijgt altijd als laatste een traktatie. Anders verorbert ze alles in één keer en blijft er niets voor de anderen over. Dat is weleens gebeurd. Voor de jarige Jop het doorhad, had Merle alles naar binnen geschrokt. Toen trakteerde de jarige de klas op tranen en niet op toverballen.

Het lijkt wel of het nooit meer anders zal worden met Merle. Omdat ze zo gigantisch bol is, is ze vaker ziek. En dat vindt haar moeder weer zo sneu. Die geeft haar dan paprikachips, chocoladerepen en supervette bitterballen als troost.

Niet dat Merle dat erg vindt. Niets fijner om te doen alsof je ziek bent en te snoepen.

Nou ja, dat vond Merle tot ze zichzelf in de spiegel zag. Toen ontdekte ze dat de vrolijke Merle van vroeger verdwenen was. Ze zag een lichtgrijs glimmend rond nijlpaard vol onderkinnen. Dat was voor het eerst dat Merle echt ongelooflijk schrok. Want nijlpaarden zijn eigenlijk alleen grappig als je ze op de foto ziet. Niet als je in de spiegel kijkt.

## Naar de dierentuin

Merle is niet de enige die schrikt. De klassen-foto komt uiteraard ook bij de directrice van de school.

'Nee, dat kan werkelijk niet,' roept ze uit. 'Een nijl-paard in groep 6. Wie is er op dit gruwelijke idee geko-men? Weten ze dan niet hoe gevaarlijk zo'n beest is?'

Voor iemand haar kan tegenhouden, pakt ze de tele-foon. Ze draait het nummer van de dierentuin. 'Wilt u alstublieft snel komen,' zegt ze op bevelende toon. 'Er is een nijlpaard ontsnapt. Die lomperik stampt hier op het schoolplein rond.'

Als de directrice ophangt, krabt ze eens op haar kruin-tje. 'Ik begrijp er niets van,' mompelt ze. 'Waarom is me dat nooit eerder opgevallen?' Ze pakt de klassenfoto en zet haar brilletje op. Ze bestudeert groep 6 nog eens aan-dachtig.

'Ongelooflijk,' roept ze plotsklaps uit. 'Dat nijlpaard heeft wel wat weg van dat dikke meisje. Ik herken haar aan die mooie donkerblauwe ogen. Hoe heet dat meiske ook alweer?' Ze pakt de namenlijst van groep 6 erbij: 'Merle,' zegt ze. 'Dat logge beest heeft echt wel iets van Merle weg. Ik zal voor de zekerheid haar moeder bel-len.'

'Goedemorgen,' zegt ze tegen Merles moeder. 'Is dat

nijlpaard van u? Nijlpaarden horen niet thuis op de basisschool. Ik heb de dierentuin al gebeld, ze komen eraan.'

De moeder van Merle staat verstijfd. Ze lijkt net een levend standbeeld. Er razen honderden gedachten door haar hoofd. Van verbazing kan ze geen woord uitbrengen. Een nijlpaard, haar dochter? Wat denkt dat verwaande mens wel? De dierentuin. Waar haalt ze het lef vandaan? Het bloed stijgt naar haar wangen. Zo meteen explodeert ze nog. Het is net alsof er een rookpluim uit haar mond komt. En dat maakt een vervelend, sissend geluid.

'Dat botte directeursmens!' roept ze uit. 'Ik laat mijn dochter daar geen seconde langer op die akelige school.' Ze springt in haar bestelwagen en geeft volop gas. Haar autobanden gieren als ze door de bochten scheurt. Ze moet er eerder zijn dan die dierentuinkerels.

'Hoe heeft dat schoolmens het in haar hoofd gehaald om de dierentuin te bellen.' Ze krijst het uit en vliegt bijna uit de bocht. Dan, met piepende remmen, zet ze haar bestelauto stil, precies voor de schoolingang.

Merles moeder rent naar binnen en sleurt haar dochter mee.

'Hoi mam, leuk dat je er bent,' wil Merle zeggen, maar ze krijgt geen kans. Haar moeder grijpt haar in de kraag.

'Kom kind, het is afschuwelijk. Je bent in groot gevaar.' Merle kan alleen niet zo snel als haar moeder zou willen. 'Schiet toch op, kindje,' moppert ze. 'Zo meteen zijn ze er.'

'Wie?' vraag Merle verbaasd.

'Schiet op. Voor één keertje. Voortmaken, alsjeblieft.'

Merle loopt zo vlug als ze kan. Of eigenlijk waggelt ze als een nijlpaard op krukken. Ze is compleet rood aangelopen als ze op de autostoel neerploft. Zo hard heeft haar moeder haar nooit laten lopen. Ze klemt haar lippen stevig op elkaar. Ze besluit niets meer tegen haar moeder te zeggen. Want als Merle iets niet bevalt, dan is ze helemaal niet meer zo aardig. Dan houdt ze haar mond stijf dicht of ze begint keihard te krijsen.

'Sorry, meiske,' zegt Merles moeder als ze achter het stuur plaatsneemt. 'De directrice zegt dat er een nijlpaard op school zit. Ze denkt dat jij het bent. Laat ze nu maar naar het echte nijlpaard zoeken dat uit de dierentuin is ontsnapt.'

Merle veert op. Prompt vergeet ze de belofte die ze zichzelf heeft gedaan. 'Een nijlpaard, de dierentuin?'

'Begrijp je het dan niet?' zegt Merles moeder als ze door het rode stoplicht heen rijdt. 'Ze willen jou opsluiten en in een hokje stoppen met andere nijlpaarden. Doodeng. Hoe komen ze op het idee?'

Merle valt achterover. Plof, zucht de stoelleuning. 'Dus ze denken dat ik een beest ben?'

De tranen springen in haar ogen. Als ze niet in de spiegel had gekeken, had ze haar moeder nooit geloofd.

'Wil je misschien een kauwgombal?' vraagt haar moeder. Ze geeft Merle een zak vol glimmende, gekleurde balletjes.

'Heb je ook grasmatten?' vraagt Merle. Daar heeft ze nu veel meer trek in.

## *Coralina*

Thuis raast haar moeder nog een tijdlang voort. Altijd als ze woedend is, knarst ze met haar voortanden. Dan klinkt ze als een krakende deur. Ze smijt een soepbord op de betegelde vloer. Ze pakt de stofzuiger en raast als een tornado door de huiskamer. Het fijne van een boze moeder is dat alles daarna weer lekker schoon is. Als ze met stofzuigen begint, weet Merle dat de woede bijna voorbij is. Alleen ditmaal loopt het anders.

De deurbel rinkelt.

'Mam, de bel!' roept Merle.

Haar moeder hoort niets door de herrie van de stofzuiger. Merle zit onderuitgezakt in de luie draaistoel. Ze heeft geen zin om op te staan. Teveel gedoe.

Tring!Tringgg!

'Mam, de deurbel!'

'Ik ga al,' gilt haar moeder. Ze rukt de voordeur open.

'Hallo,' zegt ze en onmiddellijk valt ze stil. Met open mond kijkt ze naar de vrouw op de drempel. Als eerste ziet ze de gigantische haardos die veel wegheeft van een vogelnestje. Witgrijze haren waarin twijgjes en blaadjes kleven. Handen groot en stevig en bezaaid met kloven en eeltbulten, en diepzwarte nagelranden. De donkerbruine ogen van de wilde vrouw twinkelen.

Naast haar staan twee gezonde Hollandse binken. Was mijn Merle maar zo gezond, denkt Merles moeder. Meteen wuift ze de gedachte weg. Merle is gewoon superlief, alleen een beetje zielig.

'Ik ben Coralina,' stelt de vrouw zich voor. 'Ik woon in het bos en kom uw dochter redden.'

'Merle hoeft helemaal niet gered te worden,' roept Merles moeder uit.

'O nee?' zegt Coralina. 'Wacht maar af, zo meteen komt de dierenambulance. Dan kunt u uw dochter alleen nog in de dierentuin bezichtigen.'

De moeder van Merle huivert. Wat wil dit zonderlinge boswezen?

'Dus u wilt mijn dochter meenemen. En u denkt dat ik dat toesta?' vraagt ze.

'Natuurlijk niet,' antwoordt Coralina. 'Maar van de dierentuin komen ze met zijn tienen, dat wint u nooit.'

Nu staat Merles moeder te trillen op haar benen. 'Hoe weet u dat allemaal?'

'Kijk.' Coralina stampt met haar voeten op het stoepje en zet haar handen in haar zij. 'Het zit zo. Er zijn meer kinderen zoals Merle. Kinderen die zo megadik zijn dat ze op dieren lijken. Reusachtig grote en gevaarlijke dieren die thuishoren in de dierentuin. Maar wat mij betreft: een kind is een kind. De directeur van de dierentuin belt mij altijd als eerste op. Hij geeft mij de kans een kind te redden, zodat het niet achter tralies hoeft te leven.'

'Geweldig,' zegt Merles moeder. Ook zij heeft haar handen in haar zij gezet. Eén verkeerd woord en ze zal die twijgjes uit de haardos rukken. 'En jij denkt dat ik mijn Merle zomaar aan iedere willekeurige vreemdeling meegeef?' vraagt ze.

'Oh nee hoor,' zegt Coralina. Ze ziet er misschien woest uit als een bosgeest, maar haar stem klinkt rustig en begripvol. 'Als u mij Merle een paar maanden mee-geeft, is ze genezen.'

'Genezen van wat?' zegt de moeder.

'Van haar overgewicht.' Coralina wijst op de jongens. 'Zij waren ook gigantisch vet. Deze, Janos, was net een bolrond wasbeertje. Jarrik had meer weg van een reuzen-schildpad.'

De moeder van Merle bekijkt de jongens een voor een. 'Makkelijk gezegd,' zegt ze. 'Bewijs het maar.'

Coralina pakt een foto uit de borstzak van haar tuin-broek. 'Kijk,' zegt ze en ze duwt de foto voor de neus van Merles moeder. 'Zo zagen ze eruit.'

De jongens knikken vol trots.

Merle is nieuwsgierig geworden en achter haar moe-der komen staan. 'Wauw,' zegt ze als ze de foto ziet.

'Tsja,' zegt Merles moeder. 'Niet verkeerd. Hoe heeft u dat voor elkaar gekregen? Als u het me uitlegt, doe ik hier met Merle hetzelfde.' Ze klinkt al wat minder boos.

'Uitgesloten,' zegt Coralina stellig. 'Dat lukt u nooit en te nimmer. Laat Merle met mij meegaan. En als u niet razendsnel beslist ...' Coralina kan haar zin niet af-maken, want daar komt een grote vrachtwagen de hoek om denderen. Geloof het of niet, maar er springen wer-kelijk ineens tien mannen uit.

'Voortmaken,' zegt Coralina tegen de jongens. Ze pakken Merle onder haar armen en tillen haar op. Die hebben spierballen, denkt de moeder van Merle. En prompt daarop roept ze uit: 'Dat gaat zomaar niet. Geef me mijn dochter terug. Ze moet nog een schone spijker-broek mee, en een tandenborstel. En niet te vergeten: haar berenknuffel. Ze is dol op stroopwafels met vanille-ijs. Op patat met zelfgemaakte mayonaise en ... Wacht, ik pak wat spulletjes.'

Domme moeder. Nu ziet ze niet dat Merle in de op-legger wordt gehesen. Met een hijskraan, anders lukt het niet. Merle giechelt als ze door de lucht zweeft. Ze kijkt nog eventjes om naar haar moeder en ziet nog net dat Coralina haar moeder een papier voorhoudt. Haar moe-der zet haar handtekening eronder. Daarop stopt Cora-lina het papier in haar tuinbroek en rent naar de auto.

De mannen van de dierentuin kijken beteuterd. 'Nu hebben we weer niet gewonnen van Coralina,' moppe-ren ze. 'Jammer, best een grappig nijlpaardje.'

Merle zit onderuitgezakt op een baal hooi in de bak. Ze schommelt heen en weer als de auto begint te rij-den. De aanhanger gaat naar links en naar rechts. Merle wordt onophoudelijk heen en weer geslingerd. Alsof ze in een draaimolen zit. Merle is heel benieuwd wat er gaat gebeuren. Het lijkt of ze in een spannend verhaal is gestapt. Ze heeft er honger van gekregen. Ze voelt in haar zakken. Niets. Stom. Van ellende pakt ze een strotje om op te kauwen. Zo meteen krijgt ze vast en zeker iets lekkers, een aardbeienijsje of een dubbeldikke reep gevuld met marsepein.

Ondertussen is de moeder van Merle in de bestelbus gesprongen. Ze heeft onder de brief weliswaar haar handtekening gezet. In die brief staat dat ze Merle een paar maanden niet zal zien. Tot Merle weer helemaal zichzelf is, en geen nijlpaard. Maar toen ze Merle zag wegrijden, kreeg ze meteen spijt.

Ze rijdt als een bezetene de hele buurt af op zoek naar Merle in de aanhangwagen. Ze wil Merle nog haar mobieltje geven. Hoe kan ze anders met haar dochter praten? Straks vergeet Merle haar tanden te poetsen. Of erger, stel dat de wespen haar steken in het gevaarlijke bos. Zielig kind. Ze wordt vast doodziek bij dat bosmens.

Ze speurt de hele stad af en ver daarbuiten. Nergens ook maar een spoortje van Merle te bekennen. Ze kan van ellende de haren uit haar hoofd trekken. Hoe kon ze zo oliedom zijn?

## In het bos

Ze rijden door weilanden en over smalle bospaadjes. De brede wielen van de jeep rijden dwars over takken, door greppels en over hobbels. Merle tuurt naar de kruinen van de bomen. Het is alsof die naar haar zwaaien. De takken zitten vol witte knoppen met ronde buiken. Nu rijden ze over een kronkelig bospad. Merle kijkt haar ogen uit. Ze komt niet vaak meer buiten. Haar moeder vindt het teveel gedoe. En zelf zit ze liever voor de televisie. Want van bewegen word je doodmoe. Maar vanaf de aanhangwagen ziet de wereld er anders uit. De strootjes prikken in haar billen. Op televisie zie je alles gebeuren. In het echt voel je alles.

Merle stelt zich voor dat ze de hoofdrol speelt in een spannende film. Zij is de bekende dochter van een stinkendrijke filmster. Ze ontvoeren haar. De boeven zitten voor in de auto. Ze is bergen geld waard. Daarom zullen ze haar behandelen als een prinses. Merle voelt de wind met haar haren spelen. Een mager lentezonnetje lacht haar toe. De frisse bries tintelt op haar huid. Van Merle mag het wel altijd doorgaan zo. Ze beeldt zich in dat ze wereldberoemd is. Aan haar moeder en school denkt ze niet meer. Wel aan alle smuldingen die een beroemdheid mag verorberen zoals slagroomtaart en een hoog spuitende fontein van chocola.

Boem. Onverwacht stopt de auto. Merle schrikt op. Voor zich ziet ze een boerderij. Ernaast staan lange rijen stallen. Janos en Jarrik takelen Merle naar beneden. Met een plof duikelt ze voorover in het gras.

'Au!' roept ze uit. 'Kunnen jullie niet uit je doppen kijken. Ik ben behoorlijk wat geld waard hoor.'

'Poeh,' zegt Janos. 'Je kost veel geld, zul je bedoelen.'

Merle schrikt van de zware stem van Janos. Ze wrijft over haar billen. 'Het had heus wel wat zachter gekund,' zegt ze. Haar stem klinkt ijl, alsof iemand anders praat. De ijskou trekt vanuit de grond door haar dikke billen heen. Jarrik pakt een schapenvel van de aanhangwagen. 'Ga hier maar op zitten,' fluistert hij. 'Dan blijf je warm.'

Merle kijkt omhoog. Jarriks stem klinkt veel zachter dan die van Janos. 'Kunnen jullie me niet optrekken?' Merle vraagt het met een poeslief stemmetje.

'Mooi niet,' zegt Janos. 'Je klinkt als een verwende tuttebel,' zegt hij. 'Je bent slechts een miezerig klein nijlpaardje.' Daarop neemt hij haar eens goed in zich op. 'Nou ja, klein ben je eigenlijk niet.'

'Ik ben Merle,' moppert Merle beledigd. 'Mijn vader is een wereldberoemde filmster. Hij was toevallig niet thuis toen jullie kwamen.'

'Poeh,' Janos trekt zijn neus op.

'Jarrik, kun jij me dan helpen?' Merle probeert nog een keer haar poezenstemmetje. 'Ik wil naar binnen,' zegt ze. '"De taarten van Kim" is mijn lievelingsprogramma.

Het begint zo meteen.'

'Wij hebben hier geen televisie.' Het is de ruwe stem van Coralina. Ze is pal voor Merle komen staan. 'Warempel,' zegt ze, terwijl ze Merle van top tot teen bekijkt. 'Je lijkt écht op een nijlpaard.'

'Bedankt,' mompelt Merle die er helemaal niets aan vindt hier. 'Jij hebt een vette pulk in je neus.' Merle kijkt op en ziet zo'n groene, slijmerige klont klem zitten in Coralina's neus. 'En ik heb honger.'

'Mooi,' zegt Coralina. 'Het middageten is bijna klaar. Jongens hijsen jullie 't kind op en laat haar de eetzaal zien.' Ze snuift. De kluit snot landt voor Merle op het gras.

De jongens leggen hun handen rond de bovenarmen van Merle. 'Net lekke basketballen,' zegt Janos.

'Een, twee, hupsakee,' roept Jarrik. Hij haalt diep adem, en dan trekken de twee jongens Merle omhoog. Merle bloost. Door haar bolle buik is opstaan lastig.

'Loop maar achter mij aan,' zegt Jarrik. Makkelijker gezegd dan gedaan. Jarrik loopt minstens tien keer zo snel. Merle waggelt voort. Haar rode wangen zien nu donkerrood. De zweetdruppels lopen in straaltjes van haar voorhoofd.

'Wacht, ik kan jullie niet bijhouden!' roept ze. Ze zwaait met een kruk. 'Wacht!' krijst ze. 'Wacht!'

Jarrik is allang uit zicht. Merle zucht. Krijsen heeft geen zin, poeslief praten ook niet. 'Mooie ontvoering,' mompelt ze. Waarom heeft mama mij meegegeven aan die woeste bosvrouw? In de aanhanger van de auto zag ze het allemaal wel zitten. Toen wist ze nog niet dat ze 'De taarten van Kim' zou moeten missen. Misschien heeft mama het opgenomen. Zo stelt ze zichzelf gerust. Ze hoopt maar dat ze nu een dubbele hamburger krijgt met liters ketchup. Anders ga ik keihard gillen, neemt ze zichzelf voor.

Als Merle eens zou weten wat haar te wachten stond. Ze is zo bezig met zichzelf, dat ze niet ziet dat er van alle kanten kinderen toestromen. Van de grasvelden om de boerderij, vanachter de kastanjebomen, vanuit de koeienstallen. Kinderen in alle soorten en maten. Met bolle buiken, superdunne meisjes. Lange jongens met spierballen. Ze zien er allemaal een beetje wild uit. Er zitten modderstrepen en vlekken op hun kleren. Hun haren zien groen van de grassprieten.

Pas als ze op de drempel van de eetzaal staat, ziet Merle hoeveel kinderen er zijn. Ze telt ze razendsnel; het zijn er zeker meer dan vierenveertig. Zij is niet de enige die is ontvoerd? Wat gebeurt hier? Zou mama dit weten? Mama help me, wil ze roepen. Maar het is muisstil in de eetzaal. Ze durft niets te zeggen. Als vanzelf stapt ze achteruit. Ze valt bijna om, maar kan zich net op tijd vastgrijpen aan een deurklink.

'Au!' roept ze uit. Haar billen zitten vastgeklemd in de deurpost.

Op een teken van Coralina rennen twee kinderen op Merle af.

'Merle heeft het gevoel dat ze geen lucht meer binnenkrijgt. 'Ik zit klem,' hijgt ze. De twee meisjes trekken aan haar handen. Ze zetten zich met hun voeten tegen de muur af. Hoe hard ze ook rukken, er is geen beweging te krijgen in Merle. Ze zit muurvast. De andere kinderen houden hun adem in.

Janos klimt uit het raamkozijn. Hij loopt buitenom. Daar ziet hij de bolle billen van Merle vastzitten in de deurpost, als een basketbal in een vangnet. Hij zuigt zijn wangen naar binnen. Anders barst hij in lachen uit.

'Au! Au!' Merle schreeuwt het uit. 'Help me dan!'

Janos zet zijn schouders tegen Merles reusachtige ballonbillen en duwt ertegenaan. Hij zet zich schrap om nog meer kracht te zetten.

'Houd je adem in!' roept hij tegen Merle. Hij duwt en duwt. Plotseling voelt hij dat er beweging komt. De billen ploepen uit de deuropening en Merle kukelt voorover.

'Wij waren ook zo vet, hoor,' zegt een meisje met oranje krullen, die Merle weer omhoog helpt. Merle hoort een paar kinderen gniffelen. Ze durft niet op te kijken. Ze wrijft over haar billen. De tranen staan in haar ogen. 'Ik heb honger,' zegt ze iets te luid.

'Stilte!' commandeert Coralina. Nu pas ziet Merle dat Coralina achter de pannen staat en de borden opschept. Twee grote meiden helpen haar.

'Achteraan aansluiten,' fluistert het oranje meisje. 'De diksten komen het laatst aan de beurt.'

'Ik heb zo'n honger. Straks val ik nog flauw,' zegt Merle zachtjes.

'Sorry,' fluistert de oranje krullenkop en ze rent terug naar haar plek in de rij.

Merle heeft het gevoel dat ze op een eilandje staat. Niemand kan bij haar komen. Zij alleen kan dat veranderen. Ze sluit aan achter in de rij. Voor haar staat een meisje met enorme flaporen. Het lijken wel vlaggen die naast haar hoofd wapperen. Merle ziet kinderen uit diepe borden van een maaltijdsoep lepelen. Haar buik begint nog harder te rommelen.

'Je hebt geluk,' zegt Coralina tegen het meisje met de flaporen. 'Dit is de allerlaatste hap minestronesoep.' Het meisje kijkt beteuterd in het diepe bord.

'Sorry,' zegt Coralina tegen Merle. 'Jij kwam zo onverwacht. We hebben niet op jou gerekend.' Ze bekijkt Merle weer van top tot teen. 'Een nijlpaard,' verzucht ze. 'Zoiets heb ik nog nooit gezien. Maar je hebt geluk. Nijlpaarden zijn dol op gras. En het gras moet nodig worden gemaaid. Ga je gang.'

## Grasmaaien en Ollie

'Moet ik gras maaien?' Merle kijkt naar haar voeten. 'Onmogelijk, dat lukt me nooit,' zegt ze. 'Vraag maar aan mijn moeder.'

'Ik bedoelde: het gras kort eten,' verzucht Coralina nogmaals. 'Je mag het met je tanden afsnijden.'

Merle denkt aan de snottebel in de graspol en huivert. 'Ik bén geen nijlpaard,' roept ze uit. 'Ik ben Merle. Wacht maar tot mijn moeder komt met de politie. En de directeur van de basisschool. Ze stoppen je in de gevangenis.'

'De directeur heeft anders zelf de dierentuin gebeld,' zegt Coralina. 'Probeer het maar. Je zult merken dat gras best lekker is. Bovendien, het middageten is op. Voorlopig krijg je niets. Over zes uur is het avondeten.'

Merle kreunt en kijkt om zich heen. Het is doodstil, je kunt een blaadje van de boom horen vallen. De kinderen zitten aan ellenlange tafels, aflopend van dun tot megadik. Alsof ze zo bij elkaar zijn neergezet. De dikke kinderen hebben allang hun borden leeg. De dunne kinderen lijken wel te kauwen op hun minestronesoep.

Merle draait zich om. Buiten ziet ze het meisje met de flaporen. Ze zit op handen en knieën en breekt met haar voortanden lange graspollen af. 'Best lekker hoor,' zegt ze tegen Merle. 'Ik ben Anniek. Ze noemen me hier Ollie, omdat ze vinden dat ik op een olifant lijk. Fijn dat jij er bent. Want nijlpaarden zijn toch ook dol op gras? Hoe heet jij? Nijltje?'

'Ik ben gewoon Merle,' zegt Merle kortaf. 'Een meisje dat toevallig gras moet happen.'

'Je klinkt een beetje deftig,' zegt Ollie. 'Ik ben een doodgewoon meisje dat toevallig gras lust. Ik weet een plekje waar het heel hoog groeit. Ga je mee?'

Merle knikt. Wat moet ze anders?

Ollie kruipt voor haar uit. Ze gaat razendsnel. Merle besluit ook te kruipen. Twijgjes prikken in haar knieën. Ze trekt een graspol uit de aarde en propt een lange grasspriet in haar mond. 'Saai,' zegt ze. 'Net sla zonder saus. Coralina zal toch niet echt menen dat ik dit moet eten.' Ze plukt nog een paar grassprieten. Het helpt wel tegen de herrie in haar buik. Ze blijft kauwen. Na een poosje merkt ze dat de sprieten aan haar gehemelte blijven kleven. Er hangt een zoete smaak in haar mond. Grappig, denkt ze en rukt nog een graspol uit.

Ollie snijdt als een elektrische grasmaaier de lange grassprieten met haar tanden af. Vliegensvlug terwijl haar kaken maar doormalen.

'Ben jij ook ontvoerd?' vraagt Merle.

Ollie draait zich om: 'Ben jij ontvoerd? Ben je dan echt een jonkvrouw of zoiets?'

Merle knikt. 'Mijn vader is miljonair. Ik ben toevallig een megahoge berg geld waard.'

'Ongelooflijk,' mompelt Ollie. 'Bij mij thuis belde de directeur van de dierentuin aan. Hij had van de buren gehoord dat er bij ons een olifant woonde. Of we niet wisten dat zo'n beest gevaarlijk was. Mijn moeder heeft die man weggejaagd.' Ollie zucht. 'Mijn vader wilde me in de kelder verstoppen. Hij wist zeker dat de directeur zou terugkomen. Nou ja, ik zat muurvast in de kelderdeur. Net als jij, en op dat moment belde Coralina aan.' Ollie ploft neer op het gras. 'Ik weet niet of ze me ontvoerd heeft. Ik moest met haar mee, want volgens mijn vader was dat het allerbeste voor mij. Maar eigenlijk ben ik best tevreden met mezelf.'

'Ik zou liever een olifant zijn,' zegt Merle. 'Ze hebben van die grappige flaporen.'

'Ik heb niet eens een echte slurf,' moppert Ollie.

'Zijn je vader en moeder niet gekomen om je op te halen?' vraagt Merle.

Ollie schudt van nee.

'Jakkes,' zegt Merle. 'Wat zielig voor je. Ik weet zeker dat mijn moeder me snel komt redden.'

'Ze weet niet eens waar je bent,' zegt Ollie en ze hapt weer in het gras.

'Welles,' zegt Merle.

'Nietes,' zegt Ollie.

'Welles,' zegt Merle weer. Dan vraagt ze zachtjes: 'Lijk ik écht op een nijlpaard?' Op het moment dat ze de vraag stelt, tilt ze haar hoofd op. Er glinstert iets tussen de bomen naast het huis. 'Zie ik daar een bosmeertje?'

Ollie knikt.

'Wat heb ik zin om in dat water te dobberen,' zegt Merle. 'Zie je,' zegt Ollie, 'je bent echt een nijlpaard. Want die vertoeven het liefst onder water.'

Grazend kruipen ze naar het meertje. Ze passeren een groepje dikkerds. Die zitten op krukjes rond een hoge pan. Ze schillen aardappels en gooien de schillen achter zich op de grond. Twee varkens doen zich er tegoed aan. Merle weet niet of dat kinderen of echte varkens zijn. Een jongetje met piekharen zit met het puntje van zijn tong uit zijn mond te schillen.

'Hoi,' zegt hij als Ollie en Merle langs kruipen. 'Ik ben Robinson. Eerst was ik een rond Koalabeertje. Nu ben ik bijna weer Robinson. Binnenkort mag ik naar de schoonmaakgroep.'

'Schoonmaken,' roept Merle uit. 'Afgrijselijk.'

'Aardappels schillen is anders veel saaier,' zegt Robinson.

'Kom Ollie,' zegt Merle. 'We gaan lekker het water in.'

'Zou ik niet doen,' roept Robinson haar na.

Maar Merle ligt al in het water. Door haar dikke speklaag blijft ze drijven. De koude van het water voelt ze amper. Ollie gaat niet verder dan haar tenen het meertje in. Merle dobbert op haar rug. Het voorjaarszonnetje verwarmt haar buik.

In de verte ziet ze een paar stevige meiden en jongens

de was ophangen. Helderwitte lakens wapperen in de wind. Een klein jongetje verstopt zich achter een van de tafellakens. Onder een afdak staan een paar jongens te tafeltennissen. Een superslank meisje staat in de wei een paard te borstelen. Merle zucht nogmaals. Paardrijden wil ze al haar hele leven. Ze droomt wel eens dat ze op een paard zit. Ze draaft dan over het strand. Haar haren waaien in de wind. Maar er is geen paard dat haar kan houden. Bovendien, ze zou niet weten hoe ze op zo'n beest zou moeten komen. Jarrik en Janos klimmen in een eikenboom. Weer zucht Merle.

'Wat doe jij daar?' hoort Merle opeens de stem van Coralina. 'Ben je nu helemaal ... Straks ben je dood-ziek.'

'Je bent mijn moeder niet,' zegt Merle. 'Ik kom pas het water uit als je belooft me naar huis te brengen.'

'Ik beloof niets. Je komt eruit. Nu meteen! Onmid-dellijk!'

'Nooit niet,' schreeuwt Merle. 'Nijlpaarden zijn dol op water.'

Coralina schopt haar schoenen uit en loopt met haar tuinbroek aan het bosmeertje in. Merle ziet Co-ralina op zich afkomen. Ze slaat met haar handen alsof het roeispanen zijn. Coralina staat al tot haar middel in het water. Merle slaat nog sneller met haar handen naar achteren. Was ze maar een echt nijlpaard, dan zou ze nu razendsnel onder water duiken. Dan keken alleen haar neusgaten boven het water uit en zou Coralina haar

nooit vinden. 'Blijf van me af!' roept ze tegen Coralina die snel als een pijlinktvis op haar af zwemt. 'Ik ga niet met je mee. Nooit van mijn leven.'

'Zwem dan,' zegt Coralina uitdagend. 'Zorg maar dat je sneller bent dan ik.'

Merle maait met haar armen door het water. Ze hijgt en puft. Zo hard heeft ze in geen tijden gewerkt. Maar hoe ze ook haar best doet, Coralina komt almaar dichterbij. Op haar gemak zwemt Coralina naar Merle en pakt een voet van Merle beet. Merle trapt van zich af.

'Blijf van me af, gemenerik. Je hebt me ontvoerd.'

Coralina slaat haar hand nog steviger om Merles enkel. 'Afgelopen uit,' zegt ze vastberaden. 'Mee jij! Aan een zieke hebben we niets. Je mag pas naar huis als je sneller zwemt dan ik.'

'Makkie,' zegt Merle met het puntje van haar tong uit haar mond van inspanning. Nu ze weet dat ze niet meer kan winnen, geeft ze zich over aan Coralina.

Een aantal kinderen is toegestroomd en staat op de oever van het meertje. Ze wijzen, fluisteren met elkaar en giechelen. Ollie staat verderop, helemaal alleen.

'Weet je,' zegt Merle, als ze rillend het water uit kruipt. 'Weet je,' ze struikelt over haar eigen woorden. 'Jij lijkt op een kanariepiet. En je kunt niet eens vliegen.'

Coralina slaat zich met haar armen warm. Ze roept Katarina, een lang meisje met donkere krullen. 'Neem jij Merle mee naar de klerenstal. Laat haar wat van jouw oude voddenzakken aantrekken.'

Daarop draait ze zich om naar Merle. 'Luister,' zegt ze. 'Had jij liever tussen de nijlpaarden in de dierentuin geleefd?'

Merle klappertandt.

'Wil je dan altijd kruipend door het leven gaan? Of op krukken lopen?' Ze geeft Merle haar krukken.

Merle kijkt schuin over haar schouder naar de kinderen. Een paar lachen naar Merle. Een vaag lachje, alsof ze medelijden hebben. Opeens heeft Merle er genoeg van. Zo kijken de kinderen in haar klas ook altijd naar haar. Ze is niet zielig en dat zal ze bewijzen ook.

Merle waggelt achter Katarina aan een enorme koeienstal in. Haar lippen zijn blauw van de kou. Er staan geen koeien of varkens in de stal. De bodem is bezaaid met kleding. Bergen, stapels en kleinere hoopjes kleren.

Katarina loopt naar de hoogste berg. 'Kijk eens!' roept ze uit als ze een jurk voor zich houdt. 'Wat hoor ik toch?' vraagt ze meteen daarop. Het klappertanden van Merle klinkt alsof er een kudde koeien aan het hooi staat te knabbelen. 'Ben jij dat?' vraagt Katarina verbaasd.

Merle kan van de kou niets meer zeggen. Katarina loopt op Merle af, slaat een wollen deken om haar heen en begint haar droog te wrijven. Eerst voelt Merle dat haar tenen beginnen te tintelen. Ze voelt de kracht van Katarina's handen tijdens het droog boenen. Katarina is lang, haar krullen springen vrolijk om haar gezicht en ze heeft sterretjes in haar ogen. Merle denkt dat ze zeker vijftien is. Zo wil ik ook worden, neemt ze zich voor.

'Perfect,' zegt Katarina als ze ziet dat de soepjurk precies goed zit. 'Die past. Gossie, dus zo'n bolletje was ik ook. Je bibbert nog. Kom, trek het wollen vest aan.' Ze hijst Merle in de droge kleren.

'Ben jij ook zoals ik geweest?' zegt Merle. Heel zachtjes voegt ze toe: 'Zo'n rond tonnetje als ik?' Want ze speelt altijd dat ze niet dik is. Maar hier lijkt dat spelletje niet langer vol te houden.

'Ja hoor,' zegt Katarina. Ze wijst naar de berg waar de jurk vanaf komt. 'Dat zijn de kleren voor de allerdiksten. Ik zit nu al bij de een na laagste stapel. Straks behoor ik tot de dunnetjes.' Ondertussen wrijft ze met een badhanddoek Merles haren droog en poetst haar wangen warm. 'Het fijnste is als je weer krukloos bent.'

Merle beweegt haar kaken: de vrieskou trekt er langzaam uit. Op dat moment hoort ze zware voetstappen.

'Toen ik hier kwam,' gaat Katarina verder. 'Leek ik op een volvette chimpansee die niet eens aan een tak kon slingeren. Het was alsof ik in mezelf gevangen zat.'

Coralina komt met zware stappen de stal in denderen. Ze pakt droge kleren van de laagste stapel. 'Als jij echt liever een nijlpaard blijft, breng ik je morgen naar de dierentuin. En anders houd je je aan onze huisregels.'

Merle staart naar de zwarte nagelriemen van Coralina en denkt aan de gevijlde, lange nagels van haar moeder. 'Ik wil naar huis,' zegt ze, 'naar mijn moeder. Ik wil televisiekijken, chips, chocolaatjes en poffertjes met poedersuiker eten. Ik ben geen nijlpaard, ik ben Merle.'

'Inderdaad,' zegt Coralina. 'Je bent Merle, maar je ziet eruit als een nijlpaard in een soepjurk.'

## Paardenbloemen en bosvruchten

Zo begint Merles leven in het bos. Eerst voelt ze zich hulpeloos alleen. Zelfs al slaapt ze met twintig andere meiden op een zaal. Ze moet alles zelf doen: zich aankleden en wassen, en één keer per week zelfs de wc's schoonmaken. Niemand vindt haar zielig. Sterker nog, elk kind heeft zijn eigen taken. En elke ochtend om zes uur precies is er gymnastiek. Op het grasveld voor de boerderij.

Ollie is eigenlijk de enige die Merle begrijpt. Het is niet dat de andere kinderen onaardig zijn. Al vinden sommigen Merle wel een verwaand nest. Belangrijker is dat de kinderen veel sneller zijn. Daarom laten ze Merle en Ollie links liggen.

Kortom: Merle en Ollie zitten in hetzelfde schuitje. Samen voeren ze hun taken uit. 's Morgens moeten ze de ontbijtborden en kopjes afwassen. Ze doen er altijd lang over, want dan hoeven ze niets anders te doen. Behalve als Coralina komt. Die zet een wekker neer. En als ze niet klaar zijn als de wekker begint te rinkelen, moeten ze tien keer een koprol maken of vijf sprintjes trekken.

Elke ochtend schrikt Merle wakker van de harde roffel. Alsof iemand twee pannendeksels tegen elkaar slaat. Keihard. Merle draait zich op haar andere zijde. 'Het is nog donker,' mompelt ze. Ze droomde net van het pannenkoekenhuisje waar je de pannenkoeken van het dak kon eten. Ze wist alleen niet hoe ze het dak op kon komen.

'Opstaan!' roept Katarina in Merles oor. Met een ruk trekt ze de gordijnen open. 'Het is bijna licht.'

Merle stopt haar vingers in haar oren. Katarina klinkt akelig vrolijk.

'Begin maar zonder mij,' mompelt Merle voor zich uit.

Katarina trekt de deken van Merle af. 'Kom op, Ollie is er al vandoor. Als we te laat zijn, krijgen we weer een extra taak vandaag. Dat wil je toch niet.'

Kreunend komt Merle omhoog. 'Oké dan.'

Buiten staat Coralina (Ollie en Merle noemen haar stiekem de bosheks) hen al op te wachten. 'Te laat!' zegt ze streng. 'Extra taak vandaag: paardenbloemen.'

'Jouw schuld,' zegt Katarina.

'Kan mij wat schelen,' zegt Merle. 'Wat bedoelt ze met "paardenbloemen"?'

Katarina draait zich om. Als Merle zo verwaand doet, zegt ze niets. Ze gaat in de rij staan, bijna vooraan.

'Een twee, hupsakee,' roept Coralina. Alle kinderen tillen hun linkerbeen op en daarna hun rechterbeen. Ze marcheren voort. Merle sukkelt er op haar krukken achteraan. Ollie komt naast haar, en samen sjokken ze voort.

'Hup twee drie. Hupsakee.' Coralina schreeuwt het uit. Dan moeten ze rondjes rennen. Coralina zwaait met haar stok in de rondte. 'Doorlopen. Vlugger. Weg met dat luie vet.' Dan begint ze zelf te rennen. 'Een twee drie, mars.' Als een kapitein die een enorm veldleger aanvoert. 'Nog tien rondjes,' roept ze.

Merle en Ollie waggelen achter de groep aan.

'Hupsakee, voort,' brult Coralina.

Merle struikelt bijna over haar eigen voeten. De eerste kinderen zijn uitgerend. Zij en Ollie hebben nog maar de helft gelopen. Al moet eerlijkheidshalve wel worden vermeld dat Merle in het begin niet meer dan twee rondjes mee kon. Nu moet ze er tien lopen van Coralina. Dat lukt inmiddels en ze is er best trots op. Al lijkt het elke dag opnieuw of er nooit een einde komt aan al die hardlooprondjes.

Pas als Coralina brult: 'Strek je armen, buig voorover, span je beenspieren aan,' haalt Merle opgelucht adem. Want daarmee kondigt ze het einde van de gymnastiekles aan.


'Na het ontbijt komt Katarina op haar af. 'We moeten paardenbloemen plukken voor de thee,' zegt ze. 'Ik wacht nooit meer op je 's morgens. Ik ben het helemaal zat, al die extra werktaken. Ga mee, we moeten er onmiddellijk vandoor.'

Met een zucht loopt Merle achter Katarina aan. Het lijkt erger dan een gevangenis hier. Ze kijkt naar Coralina, die tegen een jongen met een berenhoofd praat.

'Niet zo snel,' roept ze tegen Katarina. In het bos

stappen ze achter elkaar voort over smalle slingerpaadjes. Voor elke paardenbloem die ze ziet, moet Merle diep bukken. Niet handig met die dikke, korte pootjes. Al merkt Merle wel dat haar buik haar niet meer zo in de weg zit als vroeger. Ze kan er zelfs overheen kijken en haar tenen zien. Maar toch kan Merle alleen maar aan het middageten denken. Het vooruitzicht dat ze straks een broodje hagelslag mag verorberen, maakt dat ze het volhoudt. Arme Merle, want als ze vlak voor het middageten terugkomt en op het grasveld neerploft, tuimelt ze van moeheid in slaap.

Ollie schudt haar wakker. 'Kom op,' zegt ze. 'Je ligt hier al uren te pitten.'

Merle knippert met haar ogen. 'Jij?' zegt ze verdwaasd. 'Hoe ben ik hier terechtgekomen?' Ze kijkt om zich heen. Ze had net zo'n aangename droom over een slagroomtaart die tot de wolken reikte. De werkelijkheid is anders.

'Straks gaat het onweren,' zegt Ollie. Merle denkt dat ze haar buik hoort rommelen. 'Hier,' zegt Ollie. Vanonder haar sweater haalt ze een paar boterhammen tevoorschijn. 'Ik heb wat voor je bewaard.'

Merle likt haar lippen af. Ze hapt in het verse bruine brood met kaas. De smaak van de slagroomtaart zit nog in haar mond en de boterham smaakt niet echt. 'Balen,' zegt ze. 'Ik werk hier hartstikke hard, maar lekker eten, ho maar. Coralina is een gemene toverheks, zeg ik je. Ze heeft alle kinderen hier betoverd. Wij zijn de enigen die ze nog niet in haar macht heeft. Straks betovert ze ons ook. We moeten razendsnel maken dat we wegkomen.'

Ollie is naast haar komen zitten. Ze kijkt Merle met grote ogen aan. 'Denk je dat echt?'

'Zeker weten,' zegt Merle. 'Je ziet toch zelf dat ze op een toverheks lijkt. En die oerdomme kinderen doen alles wat ze beveelt. Geloof je heus dat ze allemaal eerst dieren waren? Misschien was het hier wel een dierentuin en heeft Coralina al die dieren omgetoverd tot kinderen. Ik weet het zeker: ze wil dat we altijd voor haar blijven werken. Ze wil dat we gehoorzame dierentuinbeesten worden. Of ze verkoopt ons voor fikse bedragen. Wedden?'

Ollie denkt na. In de kop van een olifant draaien de radertjes van de hersenen niet zo snel. 'Misschien heb je gelijk. Nu ik erover nadenk. 's Morgens bij de gymles lijken de kinderen net robots. Ze doen precies wat Coralina hun opdraagt. En in de eetzaal is het akelig stil. Ik voel me daar nooit prettig.'

'Zie je wel,' zegt Merle. 'We moeten ervandoor. We hebben geen seconde te verliezen.'

'Hoe dan? We zijn zo langzaam,' zegt Ollie. 'Stel dat ze ons betrappen.'

'We kunnen ons in het bos overal verstoppen. Geen kans dat ze ons ontdekken.'

'En als we verdwalen?' Ollie is nog niet helemaal overtuigd.

'Ik weet precies hoe we gekomen zijn,' zegt Merle. Ze herinnert zich nog exact de weg, denkt ze, omdat ze genoot van het buiten zijn. Toen nog wel. Nu verlangt ze vooral naar huis. Naar de schommelstoel en een twee-literfles cola.

'Het was niet ver weg.' Ze zegt het zo stellig, dat Ollie haar wel moet geloven. Merle wijst naar een paadje dat tussen twee oeroude eikenbomen door slingert. 'Als we dat volgen, komen we er vanzelf. Ze kunnen ons hier heus niet vasthouden tegen onze zin.'

Na het middageten moet elk kind een taak uitvoeren. Daarna is er tijd om te spelen of iets voor jezelf te doen. Ollie en Merle lopen langs Katarina en Ariane, het meisje met de oranje haren. Die zijn in de moestuin aan het werk.

'Waar gaan jullie naartoe?' vraagt Katarina. Ze heeft Coralina beloofd op Merle te letten.

'We moeten bosvruchten plukken,' liegt Merle. 'Voor het toetje vanavond.'

'We waren vanmorgen ook al in het bos.' zegt Katarina. 'Wordt dat niet een beetje veel?' Katarina praat als een oudere, bezorgde zus.

'Moet van Coralina,' liegt Merle weer.

'Als dat zo is,' Katarina kijkt het waggelende stel na. 'Niets voor Coralina om die kleintjes alleen het bos in te sturen,' zegt ze zachtjes tegen Ariane.

'Sterker nog,' zegt Ariane, 'zijn er nu wel bosvruchten?' De twee vriendinnen kijken elkaar aan: 'Moeten we het niet aan Coralina ...?' begint Ariane.

'Laat ze maar een poosje modderen,' zegt Katarina, terwijl ze doorgaat met wieden. 'Ze zijn niets gewend. Ze vinden het ongetwijfeld doodeng in het bos. Binnen de kortste keren zijn ze weer terug.'

Daarin vergist Katarina zich. Merle weet nog precies hoe ze zijn gereden. Over het brede pad dat naar het huis voert. Makkelijk zat. Het zanderige pad begint vanaf de eeuwenoude, holle eik. Alleen kunnen de twee vriendinnen er nu niet overheen lopen, want dat zou opvallen. Ze lopen door het dichte struikgewas pal naast het zandpad. Zo kunnen zij zien wie er aankomt. Als ze goed opletten en tijdig bukken, ziet niemand hen.

'Het lukt toch wel om voor het donker het bos uit te zijn?' vraagt Ollie aan Merle, na uren voortsjokken.

'Kijk eens hoe ver we zijn gekomen,' zegt Merle monter. 'Straks komt er een kruising en gaan we naar rechts. Dan zijn we er zo uit.'

Ollie zwijgt. Merle zingt zachtjes voor zich uit. Dat doet ze altijd als ze iets makkelijker wil maken. Haar benen prikken en jeuken door struikgewas met varens en brandnetels. 'We kunnen wel over het pad lopen,' stelt ze voor. 'We hebben nog niemand gezien.'

'Gelukkig,' zegt Ollie opgelucht. Ze haalt een paar rozijntjes uit haar broekzak. 'Gepikt uit de rozijntjes-bak,' zegt ze. 'Ik heb een potje met vet ...' begint ze te zingen. 'Al op de tafel gezet,' zingt Merle mee. En zo lopen ze verder.

'Merkwaardig,' zegt Merle als ze schor zijn van het zingen. 'Het pad lijkt steeds smaller te worden.' Niet veel later houdt het bospad helemaal op. Ollie kijkt omhoog naar de boomkruinen, die met de hemel lijken te praten. Merle zoekt tussen de bomen naar een ander paadje. Opeens herinnert ze zich dat de jeep een stuk dwars door het bos reed. Of zouden ze een afslag hebben gemist?

'Ik wil terug,' zegt Ollie. Haar stem bibbert als een rietje dat door een briesje bijna omver wordt geblazen.

'Kom op,' zegt Merle harder dan ze van plan is. 'Ik weet het heus wel, hoor. Nog één heuvel over en dan komt de grote weg.'

'Heuvel,' kreunt Ollie. Ze tuurt het donkere bos in. 'Het wordt donker, straks is het nacht.'

'Ben je helemaal gek geworden,' roept Merle uit in de hoop Ollie op te beuren. 'Onder de bomen is het altijd donker.' Maar eerlijk gezegd, wat weet Merle daar nu van? Dit is voor de eerste keer in haar leven dat ze in haar uppie ver het bos in is gegaan. 'Wil je dan dat die gemene griezelheks ons ook betovert?'

'Neeeeeeeee,' Ollie schudt heel hard haar hoofd. 'We gaan verder. Als we thuis zijn, ligt er vast een pak spekkies op me te wachten.'

'Precies,' zegt Merle. Al heeft ze nu even helemaal geen trek in spekkies. En dat voor de allereerste keer in haar leven.

50

51

## *Zonder krukken*

De krukken zakken weg in de donkere aarde als ze de heuvel oplopen. Boven op de top zien ze tot hun schrik dat daarachter weer een heuvel ligt. De brandnetels prikken venijnig in hun kuiten. Hun kelen voelen gortdroog aan. Ze durven het niet tegen elkaar te zeggen.

'Oerdom,' zegt Merle. 'Ik heb me vergist. Ik was gewoon vergeten dat er nog een heuvel was.' Bij de volgende heuvel zegt ze: 'Nog maar eentje. Het gaat zo razendsnel allemaal als je in de auto zit.'

Ollie luistert niet meer. 'Ik zie nergens een bospaadje,' zegt ze. 'Wedden dat we zijn verdwaald? Laten we teruggaan. Straks is het helemaal stikdonker en nu weten we het pad tenminste nog terug te vinden.'

'Nee,' zegt Merle. 'Anmenooitniet. Altijd maar hard werken, en dan die akelige ochtendgymnastiek. Straks als ze ons echt betoverd heeft, worden we robots zoals de anderen.'

Ollie legt haar handen op haar krukken. Haar kin rust op haar handen. 'Katarina is anders best aardig. En Ariane ook. Met Robinson kun je lachen. Jarrik helpt me altijd, alleen Janos is een botterik.'

'Ze doen vriendelijk om ons te neppen,' zegt Merle bozig. 'Zie je dat niet? Of ben jij ondertussen ook al betoverd? Gatver, ik sta hier met zo'n griezelige robot.' Van woede stampt ze met haar kruk in de aarde. Met een kracht waarvan ze niet wist dat ze die in zich had. Ze schrikt er zelf van.

'Domkoppie,' zegt Ollie. 'Natuurlijk ben ik niet betoverd.' Merles woede werkt op haar lachspieren. Vooral als ze ziet dat Merles kruk in de grond zit vastgezogen. Ze brult het uit en dat maakt Merle nog razender.

'Ik dacht nog wel dat je mijn vriendin was.' Hoe harder ze aan de kruk trekt, des te vaster lijkt die zich in de grond te zetten. Alsof de aarde hem wil opslurpen. 'Dan jij ook!' gilt ze tegen de andere kruk en werpt hem in het struikgewas. Alsof de kruk schuldig is. Met kleine pasjes dribbelt ze weg. Prompt valt Ollie stil.

'Kijk nou eens wat je doet!' roept ze uit.

'Wat?' Merle blijft staan en draait zich om met een wilde blik in haar ogen.

'Je loopt zonder krukken. Heb je dat niet eens door?'

Merle kijkt naar de grond. 'Serieus,' mompelt ze. 'Je hebt gelijk.' Opeens voelt ze zich duizelig en is ze bang om te vallen. 'Geef jouw krukken, straks stort ik neer.' Ze klinkt hulpeloos. Maar Ollie werpt haar krukken achter een boomstam.

'Wat jij kan, kan ik ook!' roept ze uit. Ze loopt een paar passen. 'Zie je,' zegt ze apetrots. Boem, daar valt ze voorover. Op haar knieën. 'Jouts!' roept ze uit.

Voorzichtig loopt Merle nu op Ollie af. Ze steekt haar hand uit en trekt haar vriendin omhoog. Nu is het

Merles beurt om het evenwicht te verliezen. Ollie weet haar nog net tegen te houden. Ze slaan hun armen over elkaars schouders en zo ondersteunen ze elkaar als ze de heuvel aflopen.

'Misschien zijn we toch betoverd,' fluistert Merle. 'Nu we zonder hulp kunnen lopen. Alleen een toverheks krijgt zoiets voor elkaar.'

'Of een toverfee,' zegt Ollie zachtjes. 'Laten we teruggaan. Wie weet wat we allemaal kunnen.'

'Als het niet anders kan,' sputtert Merle tegen. Ze heeft het gevoel dat ze iets verloren heeft, maar ook dat ze heel veel gewonnen heeft.

Ze lopen heuvel op, heuvel af. Eerst met de armen om elkaar, dan hand in hand. Maar op de smalle slinger-paadjes is het handiger achter elkaar aan te wandelen.

'We vinden het pad nooit meer,' zegt Ollie hijgend.

'Het kan niet ver weg zijn,' zegt Merle, al gelooft ze het zelf nauwelijks.

De schaduwen van de bomen vervagen. Alles begint op elkaar te lijken. Ollie struikelt over een boomstronk, of is het een rotsblok? Ze wrijft over haar handpalmen. Die bloeden. Ze ziet het niet, maar voelt de warme druppels over haar handpalmen glijden.

'Het is te donker om verder te gaan,' zegt ze zachtjes. 'Laten we gaan zitten.'

Merle slaakt een diepe zucht en kruipt tegen Ollie aan. 'Heb je je pijn gedaan?'

'Behoorlijk.'

'Dan zullen we hier moeten blijven tot het licht wordt. Zouden ze ons missen op de boerderij?'

'Vast niet. Soms denk ik dat ze niet weten dat we bestaan. Alsof ze ons nooit zien.'

Ze schuiven dichter tegen elkaar aan. Als onbeweeglijke standbeelden zitten ze tegen de oeroude kastanjeboom. 's Nachts begint het bos te leven. Ze horen onbekende, vreemde geluiden.

'Spannend,' fluistert Merle met trillende stem.

'Behoorlijk,' zegt Ollie zachtjes terug. 'Weet je wat ook merkwaardig is? Ik denk niet meer de hele tijd aan eten.'

'Jij bent betoverd, zul je bedoelen,' zegt Merle nog zachter, bang om geluid te maken. 'Jij bent een olifant-robot.'

Dan blijven ze weer een poosje stilzwijgend zitten. De koude omhult hen en de geluiden klinken soms akelig dichtbij. Een uil fladdert krijsend neer op een tak van de kastanjeboom, vlak boven hen. Een krijs die door je heen snijdt.

'We houden het heus wel vol,' zegt Merle om Ollie te troosten. Stilte.

'Oeha!' horen ze opeens. Ollie grijpt Merles arm zo stevig beet, dat die 'jouts' roept.

'Volgens mij is daar iets,' horen ze een stem van dichtbij. Onmiddellijk daarop schijnt een bundel fel licht tussen de bomen door. Merle en Ollie houden hun adem in. Ze hebben geen idee wie er op hen afkomt. Dan horen ze dezelfde stem nog dichterbij. 'Ik hoorde toch echt iets hier, dacht ik. Misschien heb ik me vergist en was het een konijntje.'

'Of een boze wolf,' zegt Merle hardop als ze de stem van Janos herkent.

'Gevonden!' Janos schreeuwt het uit. Hij schijnt met de lamp in hun richting. Niet veel later staan ook Katarina en Coralina om hen heen.

'Willen jullie dat nooit meer doen!' zegt Coralina. Het lukt haar niet om streng te klinken. 'Ik was hartstikke bezorgd,' zegt ze. 'Meekomen jullie.'

Niet ver van hen vandaan is de grote weg, en nog iets verder staat de jeep. Coralina geeft beide meiden een schouderklopje, omdat ze zonder krukken voortstappen.

'Het was me een barre tocht,' zegt ze. 'Maar jullie hebben wel mooi geleerd op eigen benen te staan.'


Als ze bij de boerderij aankomen, hangt er een oranjerode gloed boven het open veld. Nog geen van de kinderen ligt in bed; ze zitten allemaal rond een hoog oplaaiend kampvuur. De sterren flonkeren aan de hemel. Merle kijkt haar ogen uit. Zo laat is ze nog nooit opgebleven.

'Jullie hebben onze avond verpest,' moppert Janos. 'Wisten jullie niet dat we vanavond fikkie zouden stoken?'

'Laat ze toch,' zegt Katarina. 'Ze zijn er tenminste weer. Dat telt.'

Met een stok haalt ze een paar kastanjes uit het vuur. Als ze afgekoeld zijn, pelt ze ze voor Merle en Ollie. Merle laat de stevige, zoete smaak van de boomvrucht op haar tong smelten. Hij blijft aan haar gehemelte kleven. Ze heeft nog nooit zoiets lekkers gegeten. Ze weet zeker dat Coralina hen betoverd heeft. Op dit moment kan het haar niets schelen.

## Waar is Katarina?

Vanaf nu lijkt het of alles verandert voor Merle en Ollie. Ze kunnen steeds meer: hardlopen, de radslag en borstcrawl in het meertje. En vooral heeft Merle het boomklimmen ontdekt. De herfstzon schijnt volop en elke middag mogen de kinderen zwemmen. Elke dag lijkt er weer iets te veranderen aan Merle. Haar vingers worden dunner en langer. Haar armen lijken niet meer op lekke basketballen, en ze voelt haar onderkinnen niet meer heen en weer zwieren. Jammer dat er geen spiegel is, want misschien zijn de onderkinnen wel weg. Ze is hier nu een paar maanden, en ze zou echt niet meer weten hoe ze eruitziet.

Met Ollie zorgt ze nu voor de moestuin. Aalbessen plukken, peterselie in bosjes bijeenbinden, bieten uit de grond trekken. Merle vindt het verrukkelijk om met beide handen in de aarde te wroeten. Liever nog gaat ze het bos in om paddenstoelen of brandnetels te zoeken voor de soep. Het mooiste is de dag waarop Coralina zegt dat ze bij de paarden mag helpen. Samen met Ariane borstelt ze Lolina, de ravenzwarte merrie, en Gijs, de pony.

Ze kan zich haar leven thuis niet meer voorstellen. Altijd binnen zitten, frisdrank drinken en patat met appelmoes en mayonaise eten. Alsof ze in zichzelf zat opgesloten. Om de paar dagen komt Coralina met een vrachtwagen vol nieuwe kinderen aan. Langs Merle kruipt een kind dat net een buideldier lijkt. Het kijkt hulpeloos op naar Merle.

'Het went hier,' zegt Merle. 'Begin maar met grasmaaien.' Merle gaat op haar handen en knieën en doet voor hoe je gras afbreekt met je voortanden.

Het buideldiertje moet lachen en huilen tegelijkertijd. 'Ik wil gewoon mijn cola en pindakoeken,' zegt het.

Het buideldiertje weet niet dat Merle nog niet zo lang geleden in precies hetzelfde schuitje zat. En het begrijpt er niets van dat Merle gras zo lekker vindt. Want dat is wel zo. Altijd als Merle honger heeft, pakt ze een graspol en kauwt erop.

Er is één ding dat Merle akelig vindt. Telkens als er nieuwe kinderen komen, moeten er andere kinderen weg. Zodra je lichaam weer een kindermodel heeft, ga je terug naar huis. Zo maakt Coralina ruimte voor nieuwe dierentuinkinderen.

De eerste die wegging was Katarina. Een paar weken geleden hoorde Merle gehuil in de slaapzaal. Eerst dacht ze dat het regende en de herfst zich aankondigde. Maar toen hoorde ze geschuifel van voeten. Meisjes die om een bed heen gingen staan.

'Afgrijselijk,' zeiden ze en 'Zielige, arme Katarina.'

'Ik wil wel en niet naar huis,' snikte Katarina. 'Als ik thuis ben, mis ik jullie. Boehoeh.'

Er leek geen einde te komen aan haar tranenstroom.

Merle kroop 's nachts bij haar in bed. Het was net of ze naast de grote zus lag, die ze nooit had gehad.

'Stuur je ons een ansichtkaart met je adres?' had ze gevraagd. 'Dan kom ik je opzoeken als ik ook thuis ben.'

Na Katarina vertrok Jarrik. Ariane is de volgende.

Merle laat het buideldiertje mokken op het grasveld. Ze gaat naast Ollie zitten, op de dikke boomstam aan de rand van het meertje.

'Mis jij thuis?' vraagt ze aan Ollie.

Ollie knikt. 'Maar ik wil ook niet weg hier. Jij bent mijn vriendin. Thuis heb ik geen vriendinnen.'

'Coralina zegt dat we binnenkort terug mogen.'

'Ik weet niet eens hoelang we hier zijn,' zegt Ollie die nog dichter tegen Merle aanschuift. 'Het is net of dit een superlange schoolvakantie is.'

'Precies,' beaamt Merle. Zwijgend blijven ze zitten. Merle vermoedt zomaar dat ze aan hetzelfde denken. Daarop zegt ze: 'We blijven toch wel vriendinnen. Zweren!' Ze slaan hun handen tegen elkaar. Het lijkt jaren geleden dat ze samen wegliepen.

'Kom op, meiden,' horen ze de krakende stem van Coralina vanuit de verte. 'We hebben aardbeien nodig voor het toetje.'

Merle kan zich nu zelfs niet meer voorstellen dat ze Coralina ooit zo griezelig vond, met haar gekke piekharen. En dat ze haar zo bazig en streng vond. Coralina lacht vaak en deelt graag complimentjes uit. Als je doet

wat ze je opdraagt, is er nog genoeg tijd om te spelen. Merle vindt tafeltennissen het leukst. Want dan wint ze meestal. Soms doet Coralina zelfs mee. En heel soms denkt Merle stilletjes dat ze misschien toch betoverd is. Maar die gedachte wappert ze meestal meteen haar hoofd weer uit.

Merle en Ollie staan gelijktijdig op en lopen naar de bedden met aardbeien. Er zijn groene netten overheen gespannen. Anders pikken de vogels de knalrode vruchten. Als de emmer tot aan de rand toe gevuld is, vinden de vriendinnen het mooi. Ollie gaat naar de ravenzwarte Lolina en Merle loopt met de emmer naar Coralina.

Coralina is in haar kantoor. Vaak hoor je haar vanachter de deur neuriën. Dat doet ze altijd als ze tevreden is. Ook bij het opscheppen van het avondeten, of als ze de bloementuin harkt.

Nu niet. Merle hoort Coralina praten. Ze is blijkbaar aan de telefoon. Merle zet de emmer met aardbeien op de grond en legt haar oor tegen de deur.

'Het is gevaarlijk,' hoort ze Coralina zeggen. 'Ze loeren op ons. Ik zit in de nesten. Begrijp je dat? Die kids moeten terug. Ik kan geen pottenkijkers gebruiken hier. Alleen in het diepste geheim bereik ik resultaat. Er moet echt plaats worden gemaakt. Voor je het weet, zitten straks alle dierentuinen vol met overvette kinderen. Zorg jij ervoor dat deze twee ...' verder kan Merle niets horen.

Merle blijft onbeweeglijk stilstaan. Als ze een poosje niets meer hoort, klopt ze aan. Gemorrel aan de deurklink.

'Mooi,' zegt Coralina als ze de propvolle emmer ziet. Ze aait Merle over haar bol. Haar hand is ijskoud. Merle voelt een rilling door haar lijf trekken, van haar kruin tot haar voeten.

'Is er al een kaart van Katarina?' vraagt Merle.

Coralina schrikt op. 'Nee, uh ... Katarina. Nee die is thuis, hoor. En we hebben hier helemaal geen adres in het bos.'

'Geen adres?' zegt Merle haar na. 'Dan komt Katarina's kaart nooit aan. Hoe weet ik dan ooit waar Katarina woont?'

'Ja ja, komt goed,' zegt Coralina. Haar stem klinkt hees en ze ziet er verstrooid uit. Alsof ze zelf niet weet wat ze zegt.

## Onverwacht bezoek

Het is nog stikdonker als Merle wakker schrikt. Gierende remmen, loeiende sirenes, ronkende automotoren, geschreeuw, felle lampen. Het licht in de slaapzaal flitst aan. De kinderen rennen naar de ramen.

'Wat krijgen we nou?' Ariane krijst het uit: 'Politie!' Zelfs het buideldiertje rolt het bed uit.

Merle morrelt aan het raam om het open te krijgen.

Voor de boerderij staan politieauto's met zwaailichten. Het is er een drukte van jewelste. Een agent zet een enorme toeter aan zijn lippen. 'Allemaal rustig blijven!' zegt hij. Zijn stem galmt door de nacht. 'Jullie zijn veilig. We komen jullie halen.'

Dan zien ze Coralina. Ze loopt tussen twee politieagenten in. Die nemen haar mee. Haar handen zitten op haar rug in handboeien.

'Coralina!' schreeuwt Merle. 'Coralina!' gillen alle kinderen. Maar Coralina wordt lomp het politiebusje in geduwd. De kinderen schreeuwen door elkaar heen.

Met een knal slaat de deur open. Drie agentes komen de slaapzaal binnen rennen. 'Jullie zijn veilig,' zeggen ze hijgend. 'Bedaar. Kalmeer.'

'We waren veilig,' zegt Ariane.

'Precies,' zegt een van de agentes bot. 'Die kennen we.'

'Wat doen jullie met Coralina?' zegt Merle hardop. Ze blijft stokstijf staan. Van plan geen stap te verzetten voor ze iets meer weet.

'Coralina gaat naar de gevangenis,' zegt een van de agentes op vriendelijke toon. 'Jullie hoeven niet meer bang te zijn.'

'Wat moet Coralina in de gevangenis?'

'Ze is een misdadigster,' zegt de tweede agente. 'Ze heeft jullie ontvoerd.'

'Nietes,' roept Merle uit. 'Ze brengt ons gewoon terug naar huis.'

'Er is nog geen kind teruggegaan,' zegt de agente op rustige toon.

'Welles. Katarina en Jarrik en ...'

Merle kan haar zin niet afmaken. De toeterman roept: 'Iedereen naar buiten. Opstellen in rijen van twee.'

'Kom meiden,' zeggen de agentes. 'Aankleden en wegwezen.'

Merle begrijpt dat ze moet doen wat de agenten zeggen, als ze te weten wil komen wat er aan de hand is.

Buiten staat een enorme groep volwassenen hen op te wachten. Niet alleen mensen in uniform, maar ook iemand die zich 'kinderkenner' noemt. Een psychiater of psycholoog of zoiets. Merle begrijpt er niets van. En overal zijn fotografen. Flits-flits-flits. De vrachtwagen van de dierentuin staat verderop te wachten.

'Goed,' zegt de toeterman. 'Ik heb hier foto's die ik

van jullie ouders heb gekregen. Geen idee trouwens of ik van iedereen een foto heb. We gaan gewoon beginnen.'

Als eerste steekt hij een foto van Ollie de lucht in. Alle kinderen barsten in lachen uit. 'Olifanten hebben we hier niet,' zegt Ollie.

'Wacht!' roept de fotograaf tegen de agent. 'Houd die foto nog een keer omhoog. En jullie kijken verschrikt,' zegt hij tegen de kinderen.

'Maak dat je wegkomt,' roept de toeteragent die blijkbaar de baas is. Een andere agent jaagt de fotograaf weg. Maar die klimt in een boom. Vanaf een hoge tak gaat hij gewoon verder met plaatjes schieten. Flits-flits-flits.

De agenten en de psychiater overleggen met elkaar. De toeterman toont een foto van een schattig, rond nijlpaardje.

'Die ligt ondergedoken in het meertje,' zegt Merle. Weer bulderen alle kinderen het uit. De psychiater wiebelt van zijn ene voet op de andere. Zijn mondhoeken wijzen naar beneden. 'Het is ernstiger dan ik vermoedde,' zegt hij tegen de toeteragent. 'Geen van de kinderen is hier. Ga dat maar eens aan de ouders vertellen. En deze kinderen zijn ernstig getraumatiseerd.'

'Getraumatie.. wat?' roept Ariane uit. Die is ouder en begrijpt meer moeilijke woorden. Maar dit is wel zo'n ingewikkeld, raar woord.

Flits-flits-flits.

'Jullie zijn waarschijnlijk gehersenspoeld,' zegt de psychiater.

'Betoverd,' verbetert de vriendelijke agente hem.

Flits-flits-flits.

'Stop die kinderen in de bussen,' commandeert de toeterman. 'Speur de bossen af naar de kinderen van de foto's. Of zijn het wel dieren? Geen gedraal: aan de slag!'

'Ga de dieren maar zoeken!' roept Janos luid. Een paar kinderen grinniken. Merle stapt naar voren. Ze recht haar schouders, en kijkt de agenten een voor een aan.

Flits-flits-flits.

'Wij willen naar Coralina!' Ze zegt het keihard, op een toon die geen tegenspraak duldt.

'Jij bent een brutaaltje,' zegt de toeterman. 'Je mag van geluk spreken dat we je hebben gered.'

Hij grijpt haar bovenarm en wil haar als eerste de politiebus in duwen.

Flits-flits-flits.

'Haal die fotograaf weg!' roept de toeteragent woest uit.

Een andere politieagent klimt nu ook de boom in. De toeter knijpt de arm van Merle zowat tot appelmoes. Merle voelt een boosheid vanaf haar tenen omhoogkomen. Woede is als een hard bolletje dat in je mond vastkleeft. Merle hapt naar adem. Even heef ze het gevoel te stikken.

Dan spuugt ze het bolletje eruit. 'Laat me los!' schreeuwt ze en probeert zich los te rukken. 'Laat me gaan. Jullie zijn gemeen. Jullie begrijpen er helemaal niets van. Jullie zijn hartstikke stom. Hoor je: stomkoppen zijn jullie!'

De agent tilt Merle op. Die schopt als een bezetene om zich heen. Hij zet haar in de politiebus.

'Kom op allemaal!' roept Ollie. 'We laten Merle niet in de steek.' Ze rent de politiebus in. En alle anderen rennen achter haar aan. Binnen een mum van tijd zit de bus vol. Precies zoals de agenten en de psychiater wilden.

'Jammer,' zegt Merle tegen Ollie als ze weer afgekoeld is. 'We doen precies wat ze willen.'

'Zoveel keus hadden we nu ook weer niet,' zegt Ollie. En daarin moet Merle haar gelijk geven.

Ondertussen is de bus gaan rijden. De kinderen staren naar buiten. Alleen het geronk van de zware dieselmotor is te horen.

## Opgesloten

De politiebus stopt voor een lichtgroen landhuis. Het zou wel een oud paleis kunnen zijn, met honderden ramen en reusachtige houten toegangsdeuren.

'We zijn gearriveerd,' zegt de psychiater en hij staat op. 'Hier blijven jullie voorlopig ter observatie. Tot we weten wie jullie allemaal zijn.'

'Opser.. wat?' vraagt Ollie.

De psychiater is duidelijk niet gewend om met kinderen te praten. Het ene moeilijke woord na het andere vliegt zijn mond uit. 'Ahum, ja, we moeten zeker weten dat jullie niet gek zijn gemaakt of mishandeld.'

'Of misschien wel betoverd,' zegt Merle hardop. 'Nou dat zijn we. Straks veranderen we jou in een vliegende walvis. Ik was bijvoorbeeld een nijlpaard,' zegt ze. 'Nu ben ik een mezelf. Brrrr. Eng.'

'Brrr,' zeggen alle kinderen haar na. 'En ik een gevaarlijke ijsbeer!' roept er een. 'Een mammoet! gilt een ander. Robinson trommelt op zijn borst: 'En ik een orangoetang,' roept hij stoer uit, want een koalabeertje zou veel te lief zijn. 'En ik een olifant.' 'Een vet everzwijn.'

Alle kinderen krijsen door elkaar heen. Tot Janos naar voren loopt: 'Jullie krijgen niets van ons,' zegt hij. 'Geen naam. Helemaal niets. Eerst willen we weten waar Coralina is.'

70

Daar komt de aardige agente binnen lopen. In haar handen een paar zakken snoep: spekjes, marshmallows, zure matten, kauwgomballen. Lekker, denkt Merle, maar ik neem het mooi niet. Ze kunnen me niet omkopen met snoep.

Ollie denkt er anders over. Zodra Ollie een hap van een spekje neemt, spuugt ze het uit. 'Gatver!' roept ze uit. 'Dat ik dat ooit lekker heb gevonden.' En daarna spuugt de een na de ander het snoep uit. Alleen het buideldiertje graait gretig in alle zakjes.

'Zie je,' zegt de psychiater tegen de politieagente. 'Dit zijn geen normale kinderen. Ken jij een kind dat niet van snoep houdt? Ik ben overtuigd: dat bosmens had ze goed in de klauwen. Ze heeft ze inderdaad betoverd. We kunnen ze zo niet naar hun ouders laten gaan. Als we die al kunnen vinden tenminste. Eerst moeten we ervoor zorgen dat ze doodgewone, aangepaste kinderen worden.'

De psychiater is blijkbaar een belangrijke man. Want wat hij zegt, gebeurt. Coralina was ook de baas, maar van haar moest je veel buitenspelen en mocht je een kampvuurtje stoken. Hier mogen de kinderen het gebouw niet verlaten. Alsof ze in de gevangenis zitten. Ze hangen rond in de megagrote zalen, doen een spelletje Rummikub, Wii of Kolonisten. Of ze hangen voor de televisie. Er lopen voortdurend mensen in witte jassen rond, die van alles vragen. Buiten het gebouw staan fotografen en journalisten te wachten. Ze willen niets liever dan een glimp opvangen van de ontvoerde boskinderen.

Daarom mogen de kinderen al helemaal niet naar buiten. 'We moeten ze beschermen,' zeggen de witte jassen. Er komen agenten en nog meer 'kinderkenners' met moeilijke woorden. Ze stellen steeds dezelfde vragen: over hoe hun leven was in de boerderij bij de bosvrouw.

'Stukken beter dan hier!' zegt Merle. 'In het bos konden we tenminste verstoppertje spelen. Jullie houden ons gevangen. Ik ga jullie niets meer vertellen.' Merle spreekt zo hard, dat iedereen het hoort. Onmiddellijk daarna klemt ze haar lippen op elkaar: uit haar krijg je geen woord meer. Alle kinderen klemmen hun lippen stijf op elkaar.

Op een avond, als ze aan het zoveelste ijsje likken (want het moet gezegd, ijsjes vinden ze nog wel lekker), komt de vriendelijke agente binnen lopen.

'Jongens,' zegt ze. 'Ik heb uitstekend nieuws. Morgen komt Coralina voor de rechter, om negen uur precies. Daarna gaat ze voorgoed de gevangenis in en mogen jullie terug naar huis. Als we weten waar jullie wonen, tenminste. Nou, wat zeggen jullie?'

Alle kinderen zwijgen. Ze willen niets liever dan naar huis terug, maar Coralina voor altijd de gevangenis in ... dat nooit!

De psychiater komt naast de politieagente staan en bromt: 'Zo reageren gewone kinderen niet. Misschien moeten we ze langer hier vasthouden.'

72

Daarop springt Ollie overeind. Ollie die anders nooit als eerste iets doet: 'Jullie zijn gemeneriken!' roept ze uit. 'Coralina is de allerbeste. Ze heeft van ons weer kinderen gemaakt. Echte kinderen. En jullie willen haar opsluiten.'

'Ja,' Merle veert omhoog. 'Jullie luisteren niet eens naar wat wij vertellen. Alsof wij niet meetellen.'

Daarop springen alle kinderen op. Ze bekogelen de psychiater met de ijsjes die de vriendelijke agente zojuist had uitgedeeld. Daar vliegt een chocolade-ijsje in zijn nek. De chocolade loopt in stralen over zijn overhemd. Een ander ijsje belandt uitgerekend op zijn neus.

'Hou daarmee op!' roept hij wanhopig uit.

Maar de kinderen houden er helemaal niet mee op. De psychiater schermt zijn gezicht af met zijn armen en rent de zaal uit.

'Jullie zijn me een stel,' zegt de agente gniffelend. Ze draait zich om en loopt achter de psychiater aan. Plop, een ijsje spettert uiteen op haar spijkerbroek.

## Ervandoor

'We moeten weg,' zegt Merle als ze zeker weet dat ze alleen met de kinderen is. 'We moeten Coralina redden.'

'Ja ja,' roepen een paar kleintjes.

'Maar hoe?' zegt Janos, die als grootste vindt dat hij de leiding moet nemen.

'Ik heb een voorstel,' zegt Merle. 'Weten jullie waarom we niet naar buiten mogen? Er staan allemaal journalisten. Ze willen niet dat we op de televisie komen of in de krant. Dus ...'

'Wat dus?' zegt Janos.

'We gaan zeker weten wel naar buiten. We zitten op de tweede etage. We knopen onze lakens aan elkaar en hangen ze uit het raam. Dan kunnen we naar beneden klauteren.' Merle heeft dat wel eens in een spannende speelfilm gezien.

'Ja ja,' roepen er een paar.

'Nee!' zegt de jongen die vroeger een mammoet was. 'Wat gebeurt er als zo'n laken scheurt?'

'Welnee,' zegt Merle. 'We knopen ze stevig aan elkaar. Heb jij een beter idee?'

De jongen schudt van nee en fluistert: 'We proberen het.'

Zo gezegd, zo gedaan. Ze halen de lakens van hun

bedden en knopen ze aan elkaar. Janos, de sterkste van allemaal, controleert of alle knopen goed vastzitten. Hij gaat als laatste, en ziet erop toe dat de lakens stevig blijven hangen aan de poten van het stapelbed dat ze bij het raam hebben neergezet.

Ze wachten tot het aardedonker is. Merle laat zich als eerste behendig naar beneden glijden. Makkelijk zat, want dat heeft ze veel geoefend bij Coralina, toen ze in de eikenbomen klauterde. Het laatste stukje laat ze zich vallen. Met een plof belandt ze in het zachte grasveld. De andere kinderen kijken achter de ramen toe. Merle steekt haar duim omhoog als teken dat alles goed is. Stil! gebaart ze, en: wacht daar!

Even blijft ze staan om de frisse avondbries in haar neus te laten stromen. Daarna gaat ze er op een holletje vandoor. Ze heeft afgelopen dagen goed opgelet en gezien dat een fotograaf al die tijd voor het huis de wacht heeft gehouden. Merle klopt tegen het raampje van zijn auto.

De man ziet het opgewonden gezicht van Merle en schiet overeind. 'Gebeurt er wat?'

'We vluchten,' zegt Merle. 'Je mag ons fotograferen als je zegt waar we naartoe moeten om Coralina te redden.'

'Geen probleem,' zegt de man. 'De rechtbank. Maar ik krijg jullie nooit allemaal in de auto. Met hoeveel kinderen zijn jullie eigenlijk?'

'Met ongeveer veertig,' zegt Merle zachtjes. Ze weet

het eigenlijk niet precies. Ze hoort iets, een knal van een deur. Ze houdt haar adem in en wacht. Het blijft stil.

'Is de rechtbank ver weg?' vraagt ze.

'In het hartje van de stad,' zegt de man.

'Hoe ver?' vraagt Merle nog eens.

'Wat zal ik zeggen? Een kilometer of twintig, schat ik.'

'Onhandig,' zegt Merle beteuterd en tuurt naar haar schoenen. Domkop. Had ze gedacht dat er een schoolbus klaar zou staan?

'Wat we kunnen doen,' zegt de fotograaf die inmiddels klaarwakker is. 'Ik rijd een paar keer heen en weer tot jullie er allemaal zijn. Nee, geen goed idee. Waar moet ik jullie dan zolang verbergen? Het is midden in de nacht voor we er allemaal zijn. Ik krijg problemen met de politie als ik jullie voor de rechtbank laat slapen. Voor je het weet hebben ze jullie dan weer gepakt en opgesloten.'

'Waardeloos plan,' beaamt Merle die opeens een geweldige inval krijgt. Ze heeft het idee eigenlijk van het jeugdjournaal waar ze vroeger regelmatig naar keek. 'We gaan een stille tocht organiseren,' zegt ze. 'Een stille tocht voor Coralina. Als we zo meteen beginnen te lopen, dan zijn we er morgenochtend toch wel?' Ze weet het niet helemaal zeker.

'Ja, hoor eens, ik ga niet met een klas schoolkinderen op stap.'

'Luister, er zijn genoeg grote kinderen bij,' zegt Merle

stellig. 'Zelfs een paar jongeren. Wij letten op de kleintjes. Jij hoeft ons alleen te fotograferen, zodat iedereen ons morgen in de krant ziet.'

'Afgesproken!' De ogen van de fotograaf beginnen te schitteren.

Samen lopen ze in de richting van het statige landhuis, waar de aan elkaar geknoopte lakens uit het raam bungelen. Kom op! gebaart Merle. Een voor een glijden de kinderen langs de lakens naar beneden.

Flits-flits-flits.

De fotograaf gaat uiterst voorzichtig te werk. Want niemand mag hen nu ontdekken.

Janos daalt als laatste af. Hij is de grootste en dus de zwaarste. Een van de lakens begint gevaarlijk te kraken, scheurt en breekt af. Met een doffe knal belandt Janos op de grond.

'Au!' roept hij uit.

Daar schuiven een paar gordijnen open. Iemand steekt zijn hoofd naar buiten.

'De kinderen! Ze gaan ervandoor!' roept een oude grijsaard met een hoge piepstem.

# Mars door de nacht

'Volg mij!' zegt de fotograaf tegen Merle. Zo stil als ze kunnen, lopen de kinderen achter de man aan. Ze horen deuren slaan. Gepraat, stemmen overal.

'Bukken en doodstil blijven!' commandeert de fotograaf als ze achter een struikenhaag zijn. 'Ik moet iemand bellen.'

In het donker kan niemand de kinderen zien. Als ze maar muisstil zijn. Even vreest Merle dat de fotograaf de politie erbij haalt. Maar die gedachte wuift ze weg. Nee, hij wil veel te graag een belangrijke foto in de ochtendkrant.

Een paar minuten later is de fotograaf terug. 'Loop achter mij aan, zo zachtjes mogelijk!' fluistert hij op dwingende toon. 'Twee aan twee.'

Merle en Ollie gaan hand in hand voorop achter de fotojournalist aan. Ze lopen over een zandpad tussen het struikgewas. Doorlopen, gebaart de fotograaf. 'Als we maar op tijd op de grote weg zijn. Eenmaal daar kunnen ze ons niets meer maken.'

De geluiden klinken nog ver weg, maar lang zal dat niet duren. De psychiater en de politieagenten hoeven maar in een auto te springen en ze hebben de groep zo ingehaald.

Merle vraagt zich af wat de fotograaf van plan is. Dan

houdt ze haar adem in. Er komt een zware dieselmotor op hen afgereden. Knalgele lampen beschijnen de groep. Pal voor de fotograaf, komt de auto met gierende remmen tot stilstand.

'Een val,' zegt Ollie die Merles hand bijna tot moes knijpt. 'Hij heeft ons erin laten lopen.'

Nog voor Merle iets kan terugzeggen, springt er een man uit de auto. Een grote camera op zijn schouder. 'Perfect.' Hij begint meteen te filmen.

Een man met een microfoon loopt op de fotograaf af. 'Goed dat je ons erbij hebt gehaald,' zegt hij.

Flits-flits-flits.

'Wat heb je nu gedaan?' vraagt Merle aan de fotograaf.

'Wacht maar!' zegt hij terug.

Er springt een vrouw uit de auto. Ze keurt zichzelf in de buitenspiegel. Ze strijkt met haar rechterhand een plukje haar uit haar ogen en stift haar lippen donkerrood. Merle herkent haar onmiddellijk. Zij is een presentatrice van het jeugdjournaal. De andere kinderen herkennen haar ook.

'Kom, kinderen,' zegt ze met een brede glimlach. 'We gaan met zijn allen naar de rechtbank. We gaan naar Coralina en wij filmen alles. Voorlopig zullen ze jullie niets doen.'

Zo lopen ze hand in hand, kilometers achter elkaar. Sommige kinderen klagen over pijnlijke voeten. De kleintjes zeuren onophoudelijk: hoelang duurt het nog? Maar zodra de camera op hen gericht is, kijken ze stoer de lens in. Dan vergeten ze alles en voelen ze zich apetrots en beresterk.

Naarmate het lichter wordt, komen er steeds meer mensen de straat op. Ze kijken naar de zonderlinge stoet kinderen. Steeds meer mensen sluiten zich bij hen aan.

'De verdwenen kinderen,' hoort Merle om zich heen fluisteren. Ze wist niet dat er al zoveel over hen te doen was geweest. Ook op de radio hebben ze het al over de stille tocht van de verdwenen kinderen. Ze weet ook niet dat de psychiater en de agenten machteloos toekijken. Die kunnen niet door de massa mensen heen komen.

'Deze kinderen zijn levensgevaarlijk!' roept de psychiater. Een man die hem zat is, propt een banaan in zijn mond. 'Het zijn doodgewone kinderen,' zegt hij.

Er zijn mensen die flesjes drinken en broodjes uitdelen. Al die steun is geweldig, maar het lopen gaat steeds langzamer met al die mensen om hen heen. Op een kerkklok ziet Merle dat het negen uur is. Het moment dat Coralina voor de rechter staat.

'We zijn te laat.' Ze knijpt de presentatrice in haar arm. 'We zijn te laat.'

'Nog even volhouden, we zijn er bijna,' zegt de vrouw geruststellend. 'Bij de rechtbank weten ze dat we eraan komen.'

Merle slikt. Ze is niet overtuigd. Het is alsof ze in een

droom loopt, in een nare nachtmerrie. Want straks moet Coralina de gevangenis in.

Voor de rechtbank wemelt het van de mensen.

'Uit de weg!' roepen de presentatrice en de cameraman. De mensen doen een stap opzij en maken ruimte voor de groep kinderen. Merle voelt zich enorm belangrijk als ze de brede traptreden oploopt. De beukenhouten deur zwaait open. Ze lopen door een gang waarin het geluid van de voetstappen als hagel om je oren klettert. De kinderen knijpen elkaar in de handen. Stilzwijgend lopen ze verder. Er gaat nog een kolossale deur open. En dan zien ze Coralina, als een gevangene tussen twee politieagenten.

'Coralina!' roepen de kinderen uit: 'Coralina, Coralina, Coralina.'

Coralina, die als enige van het land nog van niets wist, begint te stralen. In de zaal is het alsof opeens de zon volop begint te schijnen. De kinderen vliegen op haar af. Coralina is als een moederkloek die al haar kuikens om zich heen heeft. Maar dan klopt de rechter met haar hamer op het grote bureau.

'Stilte!' zegt de rechter streng. 'Normaal worden er geen kinderen in deze zaal toegelaten.' Ze gaat met haar blik alle kinderen af. 'Maar vooruit. Als jullie daar op de grond gaan zitten en beloven dat jullie muisstil zijn, strijk ik vandaag met mijn hand over mijn hart.'

Een zucht van opluchting gaat door de groep. Zo stil als ze kunnen, gaan ze zitten. Op de eerste rij, vlak achter

Coralina, ziet Merle Katarina en Jarrik. Ze steekt haar hand op. Katarina knipoogt terug. Nu pas ziet Merle op de tweede rij haar moeder zitten. Ze zwaait naar haar moeder. Die kijkt naar de groep, maar ziet Merle niet. Even springen de tranen in Merles ogen. Dan bedenkt ze dat haar moeder een nijlpaardje zoekt.

Een lange man praat tegen de rechter in moeilijke woorden. Pas als er een prikbord op wieltjes de zaal in wordt gereden, begint Merle het te begrijpen. Het prikbord hangt vol met foto's. Foto's van dieren die niet teruggevonden zijn. Foto's van de kinderen die hier nu zitten.

Merle springt op. 'Kijk!' wijst ze. 'Zien jullie dat nijlpaardje. Dat was ik.'

Ssst, klinkt het om haar heen. De rechter slaat weer met de hamer. Boem. 'Je zou stil zijn. Weet je nog, dat hadden jullie beloofd. Maar ik vermoed zomaar dat jullie iets belangrijks te vertellen hebben.'

Een voor een staan de kinderen op. Ze wijzen naar een dierenfoto en zeggen dat zij dat waren vroeger.

Omdat Merle als eerste opstond, stelt de rechter haar een aantal vragen. Over wat ze allemaal moest doen bij Coralina. En hoe ze het er vonden. Merle vertelt dat ze eerst woedend was, omdat Coralina haar van huis had weggehaald. Ze wilde helemaal niets doen. Maar toen ze dunner werd, begon ze zich lekkerder te voelen. Op een dag kon ze weer alles: boompje klimmen en zelfs paardrijden heeft ze geleerd.

Merle kijkt naar Coralina. Die lacht haar vol trots toe. In de zaal kijkt mama haar met tranen in de ogen aan. Ze werpt Merle een kushandje toe. Dan staat ze op. Ze pakt een papier uit haar handtasje. Ze wappert ermee boven haar hoofd en zegt: 'Kijk, ik moest een brief ondertekenen. Hierin staat dat Coralina Merle geneest. En dat ze haar weer terugbrengt.'

Nu staan ook Katarina en Jarrik op. 'Coralina heeft ons weer naar huis gebracht,' zeggen ze tegelijkertijd. 'Zien jullie nu dat Coralina doet wat ze belooft.'

Daarna is het doodstil in de zaal. Iedereen houdt zijn adem in. Want nu is het woord aan de rechter.

De rechter zet haar brilletje op het uiterste puntje van haar neus. Hij kan er elk moment afglijden. Ze kijkt over het randje van haar bril naar Coralina.

'Dus zo zit het,' zegt ze. 'Je bent een ware heldin, Coralina. Je hebt van deze bolle beesten weer kinderen gemaakt. Ik denk zomaar dat de politieagenten en de psychiater nooit naar jou of de kinderen hebben geluisterd. Als ze dat wel hadden gedaan, hadden ze beter geweten. Voor straf mogen ze jou een jaarlang assisteren. Pardon, helpen,' verbetert de rechter zichzelf.

Merle is natuurlijk dolblij om weer bij haar moeder te zijn en al haar eigen spullen om zich heen te hebben. De draaistoel wordt meteen verkocht en ze krijgt allemaal nieuwe kleren. Maar er blijft van binnen iets knagen. Ze mist het leven in het bos en bij de boerderij en Ollie mist ze misschien nog wel het meest. Ollie die nu weer gewoon Anniek heet.

Ollie mist Merle. Daarom gaan ze nu elke zomervakantie naar de boerderij om Coralina te helpen.

In de dierentuinen mogen alleen nog maar dieren komen. Geen ronde en bolle kinderen meer. De directeuren van de dierentuinen zijn allemaal ontslagen. En weet je wat? Ook zij moeten werken bij Coralina. En die laat hen vooral het gras maaien. Op handen en knieën uiteraard.